EPISTOLARIO

Manuel José Quintana

Mi buen amigo: El desaucio está ya hecho y el testimonio irá, en uno de estos correos inmediatos, enviado por el Administrador. Esté V., pues, a la mira, y haga V. que venga la cosa a informe, pues, por acá, no está mal preparada. Ya sabemos todos lo mucho que V. nos quiere y no dudamos de su eficacia.

Bueno será, en efecto, tener a la vista lo de Casas para perfeccionar la vida de Balboa y componer la de Cortés. Algunos apuntes saqué yo curiosos en lo que vi del primero en lo que V. tenía, y no dudo que en el resto habrá cosas importantes y, sobre todo, picantes. Entre los apéndices que debe llevar esta vida de Balboa, uno ha de ser la carta escrita por él al Rey, que está entre los mamotretos de V., y, otro, el testimonio del descubrimiento del mar del Sur y posesión tomada de él, dado por el escribano Valderrábano: creo que no ha de ser uno solo, y se han de hallar en el lib. 29 de Oviedo, que tuve también entonces a la vista. Estos los puede ir copiando Antoñito, así como la carta; pero a su comodidad y despacio.

Vea si puede V. brujulear, por alguno de los papelotes, el día en que fue degollado Vasco Núñez; igualmente vea V. si Herrera equivocó y confundió, como yo sospecho, una expedición desgraciada que supone hecha por Vasco Núñez, en el año 1514, contra los indios barbacoas, antes de que llegase Pedrarias, con otra que hizo después al mismo paraje y con el mismo mal éxito, ya mandando aquel vegete. Herrera hace dos expediciones, y yo me figuro que no hubo más que una, porque ninguno de los demás autores habla de la primera. Quisiera también que buscase V. un apunte de Muñoz sobre la querella que le armó el conde de Puñoenrostro a Herrera sobre lo mal tratado que estaba su pariente Pedrarias en la historia: y que se copiase también todo lo que dice Muñoz sobre el particular.

Según la extensión que tiene la vida, que está hecha, y la que debe tener, por necesidad, la de Cortés, con los apéndices que llevarán una y otra, me figuro que ya mi antiguo plan de poner en un tomo las quatro, de estas dos, Pizarro y Casas, no puede verificarse y que las dos llevarán cumplidamente un tomo. Por lo mismo tengo más ansias de hacer la de Casas, y bien sabe Dios que no quisiera morirme sin haber hecho este trabaxo y compuesto, a lo menos, una tragedia que amparase a las otras dos. Aquí sobra tiempo para todo; pero, para unas cosas, faltan medios y auxilios, y, para otras, muchas veces el humor.

Consérvese V. bueno; memorias a su Sra., familia y amigos, y queda de V. suyo, corno siempre affmo.,

M [anuel] J [osef] Q [uintana].

29 de Enero.

Mi querido amigo: Recibo la de V., del 24 del corriente, y salgo, con ella, de un grandísimo cuidado: el largo silencio de V. me hacía sospechar si había alguna novedad en su salud, o en la de su familia, que le impidiese escribir, y pensaba, de todos modos, escribir a V. en este correo para salir de dudas. Una vez que no ha sido por causa ninguna incómoda, sea en buena hora; pero ruego a V. encarecidamente que no dexe pasar nunca tanto tiempo sin decirme, siquiera en dos renglones, que está bueno y que se acuerda de mí.

Ahora no es tiempo de que salga bien ninguna cosa de aquellas que pueden sernos de algún provecho. Se negó lo de yerbas, y no lo extraño vistas las manos por donde tenía que pasar: el último informe echaría a perder, sin duda, todo lo que se hubiese ganado en la instrucción anterior, y es visto que, por ese lado, estos atrasadísimos grangeros no adelantarán nada.

Lo mismo digo en quanto al despacho de Manuscritos y Quadros. Por más diligencias que V. haga, en fuerza de su buena amistad, para sacar de ellos algún partido que me sea ventajoso, verá V. como nada conseguimos: el tiempo es malo, y para algunos peor.

Siento este contratiempo, más ahora que en otra ocasión cualquiera, porque, estando ya para rematarse el primer bosquexo de mi Fraile, tengo pensamientos, después que esté acabado, de dar una vuelta por Sevilla para registrar algunos papeles del Archivo, y recorrer diferentes librotes viejos, a fin de enriquecer y puntualizar más la narración. Y V. conoce muy bien quán útil me sería, para esta expedición, el dinerillo que pudiera recogerse de esos pergaminos y pinturas.

Quando V. me diga que piensa acercarse a registrar a Barrantes, enviaré una Nota de lo que deseo que se tenga allí: no lo hago de pronto porque para extenderla necesito tiempo, y, hasta que acabe mi Fraile, no tengo cabeza para otra cosa.

Por lo que V. va encontrando respecto de la muger 1ª del gran Capitán, veo que desenterraremos completamente esta hembra, tan pasada en silencio por sus biógrafos. Ya se acordará V. que, por ese silencio, creíamos nosotros que podría ser alguna gitana; mas, por lo visto, nos engañábamos.

Cuídese V. mucho, expresiones a la familia y no olvide a su afectísimo,

M [anuel] J [osef] Q [uintana].

6 de febrero.

Amigo mío: en el correo pasado fue el testimonio del desaucio y lo aviso a V. para su gobierno en el asunto consabido.

No hay necesidad de copiar más que la segunda carta de Balboa, esto es, la del 16 de octubre de 1515, porque es a lo que se refiere el texto de la vida. Tampoco se debe copiar de Oviedo más que los dos testimonios de Valderrábano, los quales pueden servir como documentos útiles e instructivos en el apéndice. Lo demás no es necesario.

Una vez que, según V. me indica, es más fácil y menos expuesto recoger y remitir los documentos relativos a la Vida de Casas que los de la de Cortés, alteraré mi plan y haré antes aquélla que ésta. Váyalos V. recogiendo, según le parezca, y ya avisaré quando podrán venir. Entretanto, para distraerme de cosas serias y tristes, echaré algunos requiebros a las Musas y veré lo que puedo sacar de ellas en esta primavera.

No puedo más por hoy; consérvese V. bueno y ame siempre a su affmo,

M [anuel] J [osef] Q [uintana].

A D. Antonio Uguina.

Calle de la Salud.

Madrid.

14 de Febrero.

Mi querido amigo: Doy a V. el parabien, y me lo doy a mí mismo, por la mejora que va sintiendo en su salud, y ya no dudo que, con el tesón que V. tiene en guardar esas dietas y esos exercicios, la acabe de recuperar toda entera. La estación, a la verdad, está bien cruel, pues hace dos días que, aun en este país, no me he atrevido yo a salir a la calle de miedo al frío: y, si, en ella, ha hecho V. los progresos que me dice, ¿qué no debe esperar quando el tiempo se mejore? ¿Le han recetado a V., por ventura, friegas por todo el largo del espinazo? A un vecino mío, que aquí padecía estos días de los mismos bahidos, le han surtido muy buen efecto.

También le doy a V. el parabién por el recién nacido, pues, además de la satisfacción que a todo padre resulta en semejante caso, es una prueba de vigor y robustez que nos asegura a todos de que todavía nos vivirá V. mucho tiempo.

Mucho me alegro de que el suegro tenga ya al yerno y a su hija en casa: dígaselo V. a todos ellos, de mi parte. Días pasados le escribí condoliéndome con él de la muerte de su muger: me contestó, y, según decía, aún no tenía la cabeza bien firme para proseguir sus útiles trabajos. Por lo que V. me dice, veo que ya está más fuerte y que ha vuelto a la batalla con Vespucio, de la cual el pobre florentino saldrá asaz mal parado. Tenga paciencia, y que no hubiese sido ni charlatán ni embustero. La verdad y el público ganarán, sin duda, mucho en estas nuevas investigaciones de nuestro amigo.

Yo, desde que, por Navidades, acabé el bosquexo de Pizarro, por variar de objeto, me he puesto a revolver los librotes que pedí a V. de la época de don Juan el 2º. Vínome el año pasado la tentación, o por mejor decir, la chochez de probarme a hacer una tragedia histórica de D. Álvaro de Luna, luego que acabase la vida del jayán truxillano. Ya estoy tirando algunos rasgos perdidos en este nuevo trabaxo, desusado por mí tantos años ha. Si V. habla de esto con nuestro amigo el Viagero propóngale este problema: ¿Dónde se hallaba Juan el 2º al tiempo de la execución del Condestable? Las dos Crónicas, del Rey y de D. Álvaro, le dan en Escalona y los documentos diplomáticos, puestos en los Apéndices de la última, confirman esta opinión. Pero el Bachiller de Cibdad R.[1], en sus epístolas, da al Rey en Valladolid, y le pinta con el sobresalto y agitación consiguientes a aquella situación: aún dice expresamente que fue invitado por el Rey a que fuese a consolar al reo en la noche de su agonía. ¿A quién creer: a este testigo de vista, y en algún modo actor de lo que allí cuenta, o a las Crónicas y a los documentos? Esto no hace nada para la tragedia; pero sí es notable para la certidumbre histórica, que con tales contradicciones se menoscaba infinito.

En cuanto a los dos mil R.ˢ de los pergaminos, vea V. si es posible que, en esta primavera, se pueda hacer a gusto el trasiego de los librotes y trastos viejos y, en tal caso, estarían ahí, en poder de V., hasta que se empiece esta maniobra y en ella se emplearán. Pero si V. considera que no puede realizarse tan pronto, me avisará V. para acomodarles a mis necesidades de aquí.

Que la Señora se restablezca, y V. se tenga firme, y queda suyo, como siempre affmo,

M [anuel] J [osef] Q [uintana].

6 de Marzo.

Mi querido amigo: Recibí a su debido tiempo la de V., de 18 de enero, y con ella salí del cuidado en que estaba respecto de su salud. He tenido después, diferentes veces, noticias de que sigue V. sin novedad, y si Antoñito, como supongo, se ha acabado de restablecer, nada me queda en esta parte que desear, sino que prosiga su buen estado por muchos años.

Diga V. al amigo N.^{te} que he recibido y apreciado mucho su esquelita y que suspendo el contestarle hasta poder darle una amplia noticia de las Cartas de Colón y poemas de su hijo don Fernando, que una casualidad ha hecho no estén ya en mi poder; pero que espero tenerlas de un día para otro. Entre tanto dígale V. que, por la parte de donde vienen, no me presumo que tengan la procedencia que él se figura.

Yo estoy acabando, como ya he dicho a V., con mi Condestable, según me lo permiten los desabrimientos que son harto frecuentes en mi situación, y los dolores de cabeza, que no lo son menos, con las nieblas y solanos que reynan aquí, se puede decir, todo el año. Creo, sin embargo, terminar el bosquejo de esta vida en el mes en que estamos, y, luego que esté concluida, formaré un interrogatorio para que entre V., el amigo N.^{te} y el Archivo de Simancas me lo llenen, si se puede.

Las tres vidas de Casas, Pizarro y don Álvaro, para cada una un libro, según el plan que me he propuesto en ellas, y para corregirlas, pulirlas y rectificarlas y aumentarlas, según den de sí las nuevas investigaciones que se hagan, necesitaré lo menos otros dos años, y aún creo que no serán bastantes. Así es que nada me propongo hacer de nuevo, a no ser que las Musas, tanto tiempo olvidadas, me llamen la atención y la fantasía hacia algún objeto que lo merezca.

Doy a V. el parabién por la victoria conseguida contra ese jayán malandrín, y deseo que, además de ser gloriosa, le sea a V. muy útil.

Páselo V. bien, y queda de V. como siempre affmo,

M [anuel] J [osef] Q [uintana].

¿No pudiera derretirse ese grande Simeón flamenco? Lo que en venta pudiera dar de sí no vendría ya mal; igualmente que la de los payses de Iriarte y la del Baco. Acuérdese V.

23 de Abril.

Mi buen amigo: Recibí, a su debido tiempo, la carta de Vd., del 22 de Febrero, y no he escrito después, esperando a que, de un día a otro, se pidiese el informe sobre la solicitud de Yerbas, y que se ofreciera proporción de algún traginante que pudiese hacer lo de Casas.

Los informes no se han pedido todavía, y esto nos hace creer que se habrán concertado los pastos nuevamente con los Sorianos, y que no habrá lugar a lo que se pedía por los grangeros de aquí.

Es regular que, a principios del mes que viene, vayan arrieros de la Zarza a esa, los cuales, a su vuelta, pueden traer todos los libros y papelotes que Vd. crea necesarios para escribir la vida de aquel buen fraile. Tenga Vd. presente que no he traído conmigo más que algunos libros clásicos de Humanidades y que, por consiguiente, no tengo aquí auxilio ninguno para esa clase de trabajo. Haga Vd. un cajoncito con todo, incluyendo una resma de papel sellado de desecho para borradores, que Vd. me comprará, la cual cuidará Vd. que sea blanca y fina, aunque tenga los sellos. La dirección del cajón será a D.ª Inés Pizarroso, y hágalo Vd. llegar cuanto antes a casa de mi primo D. Clemente Reboles, que vive calle de la Encomienda n.º 9, 2.º, de donde lo recogerán los arrieros.

Vamos a otra cosa. Con las idas, venidas y estudios a que me he visto precisado desde que no nos vemos, el repuestillo de ahorros que yo había hecho para este caso se ha ido apurando de modo que no estoy lejos de ver la casa en la necesidad. Aquí, a la verdad, gasto menos; pero siempre necesito gastar algo para aligerar mi carga a estas buenas gentes, que no tienen ahora las facultades que antes tenían. Tampoco es mi ánimo que Vd. se moleste en lo más mínimo para socorrerme: hartas veces lo ha hecho Vd. con la fina y generosa amistad que siempre le he merecido y con la desgracia, por mi parte, de habérseme enredado las cosas de tal modo, que no me ha sido posible todavía llenar estas obligaciones. Por su parte ni las cosas están ahora como en otro tiempo, ni las muchas y sagradas atenciones que Vd. tiene sobre sí consiente la repetición de los mismos sacrificios: es preciso, pues, apelemos a otros medios.

Aunque no es esta la mejor época para vender, tal vez no será difícil hallar ocasión de despachar con ventajas algunos de los cuadros que están en poder de Vd. Por ejemplo, *El Simeón - La Sacra Familia de Murillo - Los Desposorios - La Concepcioncilla del mismo - El Baco - Los dos martirios - La Santa Ana de Parso*, podrán, acaso, hallar compradores entre los extranjeros aficionados a esas cosas, y si les encontrase proporción, sería bueno no perderla.

Igualmente si hubiera algún curioso que quisiera cargar con los manuscritos antiguos, y los tornase con alguna estimación, no tenga Vd. reparo en salir de ellos. Esto todo se entiende en la excepción de que si alguna de esas cosas, sean libros o cuadros, la quiera Vd. para sí, se quede Vd. graciosamente con ella.

Disimule Vd. estas impertinencias de un menesteroso lugareño y, dando expresiones a la Sra. y toda la familia, disponga de la invariable voluntad de su affmo,

Manuel Josef.

1 de Mayo.

Mi querido amigo:

Incluyo esa carta para nuestro viajero, por la cual verá Vd. que han salido defraudadas nuestras esperanzas en los documentos que me ofrecieron relativos a Colón. Dios quiera que salgamos mejor en los que me han prometido sobre Pizarro.

Pondré la nota de lo que por ahora me parece necesario para la vida de don Álvaro y la enviaré cuanto antes: mas en este verano no pienso trabajar nada de historia; sólo me ocuparé de versos antiguos, que es materia ligera y propia para tiempo de calor.

Por Dios pido a Vd. que vea si podemos salir de Simeón, Baco y Países de Iriarte; es absolutamente indispensable hacer ya el trasiego y mi extenuado bolsillo ha llevado estos días un pellizco tan grande, tan inesperado y tan indispensable, que necesito de ese refuerzo para atender a la traslación proyectada de los efectos consabidos, y a otros objetos de uso personal y preciso.

Adiós; memorias a todos, y siempre de Vd. affmo,

M [anuel] J [osef] Q [uintana].

7 de Mayo.

Mi querido amigo: Desde la carta que V. me escribió, en 9 de marzo, satisfaciendo a muchas de mis preguntas sobre Casas, nada nos hemos dicho. Yo, desde entonces, hice una romería para salud y distracción que tuvo que ser muy corta porque el tiempo no está para esta clase de desahogos, y que me ha traído hartas desazones y cuidados, a pesar de la circunspección y precauciones con que la emprendí. Estoy bueno, sin embargo; sé que V. lo está también y esto es lo principal.

Casas, entretanto, descansa en su borrador; el cual no saldrá del estado informe que ahora tiene sino cuando pueda por mí mismo recojer, en las obras de aquel hombre singular, los rasgos que me faltan para acabar de retratarle con seguridad. Esto, por lo visto, o no podrá ser nunca, o será tarde, y aunque no me pesa de haber empleado mi tiempo en un objeto de tanto interés, siempre me amarga el no poder perfeccionar mi trabaxo en el grado y forma que debiera. Paciencia.

Esta misma consideración me acobarda para empezar con Hernán Cortés, pues aunque los sucesos principales de su vida se deducen bien de lo que dice Herrera, Gómara, Bernal Díaz y demás libros que V. me ha remitido y tengo a la vista, la novedad que ha de haber en la nueva relación ha de consistir en lo que se saque de los documentos inéditos y de los avisos y advertencias que yo recibiría ahí de los que tienen conocimientos de las cosas de Indias y del auxilio que encontraría en las Bibliotecas y Archivos de esa Capital.

A todo esto es preciso renunciar por mucho tiempo, o para siempre; y el ánimo desmaya al emprender un trabaxo que por necesidad ha de quedar incompleto.

Tengo ya despachado el libro de Remesal para devolvérsele a V. a la primera ocasión segura que se ofrezca, y, si para entonces hubiese desistido enteramente del pensamiento de hacer la vida de Hernán Cortés, irán también el Gómara, el Bernal Díaz y las cartas de Herve, que, no siéndome libros necesarios, deben volver a buscar sus compañeros para que no descabalen la preciosa colección de V.

No sé quando se ofrecerá esta ocasión porque los arrieros no avisan todavía de que van: yo la deseo para leer los dos tomos de Colón, que Regás me ha dicho tener empaquetados para mí. Quando V. vea a su autor déle mil afectuosas expresiones, de mi parte, y dígale el mucho sentimiento que tengo de no haberlos devorado ya.

Me ha venido el deseo, o si se quiere la extravagancia, de recorrer un poco los tiempos de nuestro Juan el 2.º. Vea V. si me puede recoger la Crónica de este Rey, de la edición de Valencia, la de D. Álvaro de Luna, impresa por Sancha y el Centón Epistolar de Cibdad Real, con cualquiera otra cosa que, a juicio de V. y del amigo N.ᵗᵉ, sirvan a dar luz a las costumbres y cosas de aquel Reynado, principalmente a las del Condestable, y, si puede ser, que estén a punto cuando los arrieros vengan.

Estos libros vendrán y volverán; por lo cual no se detenga V. en pedirlos prestados si no los tiene. Regás los recogerá para remitírmelos.

Tenga V. mucha salud y disponga de su affmo,

M [anuel] J [osef] Q [uintana].

19 de Mayo.

Mi buen amigo: Agradezco infinito los nuevos esfuerzos que V. ha hecho para ayudarme en mi estrechez actual; pero repito que no quiero que V. se moleste y haga más sacrificios por causa mía: con lo que produzcan esas curiosidades, si se despachan con alguna estimación, me puedo yo ir bandeando, y harto favor me hace V. si, por su medio y diligencias, puedo sacar partido de esas cosuelas.

Incluyo la lista de los Quadros que deben venderse si hay quien los compre. Los precios van algo altos, porque yo supongo que, en la actualidad, sólo los que tengan mucho dinero podrán entrar en esta clase de compras. Mas, para su gobierno de V., le digo que el Simeón puede rebaxarse a *ocho mil r.ˢ*; la Sacra Familia a tres mil, los Desposorios a *ochocientos, a igual cantidad* los dos payses de Iriarte y el Baco a *mil.*

En los retratitos no rebaxo, nada porque son una cosa de gusto que merece ese dinero, y, también, porque si hay facilidad de despachar los que van referidos arriba, quisiera que se reservasen esos con los demás de que, por ahora, no pienso disponer. Esto se entiende en el caso de que V. no se halle comprometido en darlos al Cónsul con los manuscritos, porque, entonces, deben correr su suerte y derretirse sin misericordia.

Todo cuanto va dicho sobre el particular se sugeta a las reformas y variaciones que V. tenga por convenientes. V. conoce el objeto, y, según él y según las ocasiones que se ofrezcan, la prudencia y la amistad de V. arbitrarán lo que le parezca mejor.

Yo no sé quando saldrán estos zarceños para Madrid; ellos dixeron antes que a principios del mes, y todavía no se mueven. Pero, más tarde o más temprano, no dexarán de dar la vuelta y, entonces, lo traerán todo. Usaré del Herrera y de los manuscritos como cosa propia; pero, luego que me hayan servido para el intento, se los devolveré a V. porque de los unos no habrá necesidad, a menos de tenerlos que poner como apéndices; y V. sabe que entre mis libros hay un Herrera y no hay necesidad de que V. se prive del suyo; mas por ahora me viene de perlas, porque quién sabe quándo podré yo usar el mío.

No se olvide V. de ponerme en la segunda remesa un exemplar de la vida de Cervantes por Navarrete, que quiero tener presente quando yo dé un repaso a la vidilla que hice en otro tiempo. Si V. no la tiene, pídasela al autor en calidad de préstamo, pues, luego que esté despachada, se la devolveré.

Quisiera que la afición a inquirir no dilatase demasiado la empresa de nuestro amigo: yo, si fuera que él, iría a pasos largos en la publicación de lo que hubiese recogido, sin perjuicio de dar, en adelante, lo que encontrase de nuevo. Me temo que, por esta razón, suceda a esta obra lo que a tantas otras ha sucedido entre nosotros: que se empiezan y no se acaban.

Mucho me alegrara de que todavía pudieran conseguirse las yerbas pretendidas: en caso de no, siempre habrá lugar para pretender alguna rebaxa en las que disfrutan ahora un precio excesivo, confesado por el mismo Administrador.

Adiós: memorias: y es de V. affmo,

M [anuel] J [osef] Q [uintana].

Rubens:	El Simeón	10.000 r. v.	
Murillo:	La Sacrafamilia	04.000 » »	
Id.:	Los Desposorios	01 000 » »	
		Los dos retratitos	03.000 » »
Escuela de Guido:	El Baco	01.500 » »	
Iriarte:	Dos payses	01.000 » »	

		20.500	

27 de Mayo.

Amigo mío: Ya habrá V. recibido una mía, en que le daba cuenta de mi persona, al cabo de tantos días de silencio: también yo he recibido la de V., del 19 del corriente, y celebro que disfrute de tan buena salud en compañía de los suyos: en la mía no hay novedad, ni tampoco en la de mi familia.

Siento mucho que no se haya proporcionado viage de zarceños, hasta ahora, para traer los dos tomos de viages y los documentos que V. me envía para la vida de Casas. Esta descansa, como ya dixe a V. en mi anterior, porque ni el humor está a propósito para pulirla y abrillantarla, ni, aunque lo estubiera, me pondría a, hacerlo hasta tener todo el completo de noticias y de datos correspondientes, y el auxilio de una infinidad de libros que tengo que consultar para rectificar y puntualizar lo que ahora no son más que indicaciones. Todo esto me falta, y, sobre todo, las obras del mismo Casas, que, como V. y el amigo N. dicen bien, son absolutamente precisas para conocerle cual era: Así es que me desaliento, y me falta ánimo para echar los ojos al borrador que tengo trabaxado. Tal vez con los apuntes que V. me vaya enviando, y con ocasión de dar lugar en lo escrito a lo que arrojen de sí, repasaré estos papeles, y los acepillaré algún tanto, según el humor me lo permita, para que estén menos imperfectos.

Venga lo de Guzmán quando ser pueda y, con ello, la vida impresa recibirá algunos aumentos y mejoras que no la estarán mal.

Barrantes es más copioso que Mediana, y acaso tiene también más autoridad.

He pedido a V. libros referentes a Juan el 2.º y a D. Álvaro de Luna porque en el caso de resolverme a no emprender la vida de Hernán Cortés, por la imposibilidad de tener a la mano los socorros necesarios, el Condestable me dará ocupación, y para lo que pienso hacer, pocos libros bastarán, con tal que sean del tiempo y abundantes.

Bien me alegrara yo deque se verificase la venta de algunas de esas miserias para darme una vuelta, con su producto, pues ya lo necesito; y, sobre todo, para atender al gasto que ha de ocasionarme la diligencia, ya indispensable, de sacar, sacudir y trasegar mis libros, y tener algunos acá, que me son absolutamente precisos para trabaxar con seguridad: sobre ello tengo escrito a su lacayo de V., con quien podrá hablar a la larga. No me envíe V. la lista de los ms. porque ya me la envió V. y, en cuanto a precios, repito a V. lo que le tengo dicho, que los arregle V. con quien entienda, poniéndoles el que tendrían, si estas cosas tubieren ahora estimación, y, al venderlos, hacer la rebaxa que las circunstancias prescriban. En dando 2.000 r.ˢ por ellos, despáchelos V.

Mas dudo mucho que esto ni nada se verifique, porque hace mucho tiempo que tengo la fortuna torcida y todo me sale al revés de como lo pienso.

Manténgase V. bueno; memorias a los de casa, y queda siempre suyo affmo,

M [anuel]] [osef] Q [uintana].

Casas, según Remesal, llegó a Chiapa algunos pocos días antes del 12 de Marzo de 1545, que fue quando llegaron los P.P. Dominicos. El obispo les envió regalos para el camino y los fue a visitar.

3 de Junio.

Mi querido amigo: Acabo de recibir la de V., de 30 del pasado, y quedo enterado de quanto me dice en ella respecto de Vidas, y rebusco de noticias y datos para ellas. Abrazo el consejo que V. me da de anteponer la vida de Pizarro a la de Hernán Cortés, así por la razón que V. indica, como por otras relativas a la mejor facilidad con que puede desempeñarse una cosa que otra. El Héroe de Medellín presenta un asunto más hermoso, pero infinitamente más arduo y peligroso por lo mucho que ya se ha escrito acerca de él, y por las comparaciones a que uno se expone necesariamente con las buenas plumas que se han exercitado en sus proezas. Pizarro ha sido menos manoseado y se puede salir de él con más lucimiento. Vaya V., pues, echando el ojo a lo que me pueda convenir para ilustrar y dar alguna novedad a este trabaxo, y no parecer ser mero copiante de Herrera.

Esto sea sin perjuicio de que vengan, al instante, las dos crónicas, el centón epistolar y demás respectivo a Juan el 2.º; porque lo que se me ha ocurrido acerca de esto es una fantasía enteramente distinta que no me distraerá del objeto principal.

También me procurará V., si puede, una vida de Cervantes por Pellicer, y aun el Quixote, todo con sus notas, a la edición chica, porque pese menos y haga menos bulto, (prensado, se entiende), y que venga también ahora.

V. dirá que para qué; y yo le respondo que, quando tenga quatro ratos de buen humor, pienso dar una vuelta a mi noticia de Cervantes y hacerla más digna de la mención honrosa que de ella hace el amigo Navarrete y de mi nombre que él ha querido manifestar allí. Tengo aquí la suya, que V. me envió; tengo también la de Ríos y quiero también tener a la mano la de Pellicer. De todas quiero servirme para rectificar y mejorar mi compendio, y procuraré que no se parezca a ninguna de ellas.

La ocasión que ahora se presenta para tener todo esto, y demás que V. quiera enviarme, es la siguiente: Un pariente mío, sobrino carnal de Teresita, pasa a ésa a despachar unas bacas, y se presentará a V., con carta mía, a saludarle de mi parte, de mi hermano Mariano y de mis primos. Es mozo de excelente carácter, de razón muy despexada, y me quiere mucho; y, por todo, es muy acreedor a mi cariño y a mi confianza: por lo demás, labrador llano y sencillo, y con él son escusados cumplimientos y ceremonias. Este se vuelve, fuego que despache las reses, y puede traer cualquiera matalotage.

No extrañe V. que, a, veces, me dexe poseer del desaliento. La falta de auxilios, la falta de trato y comunicaciones, quitan la confianza de trabaxar con acierto; y, aun quando éste se consiguiese, ¿cómo imprimir después? Las cosas de América son, sin duda, interesantes en la actualidad; pero nunca más delicadas y espinosas de tratarse, principalmente si se consideran por su aspecto moral. Absolutamente hablando, puede prescindirse de éste en las Vidas de Balboa, Pizarro y Hernán Cortés; ¿pero de qué manera desentenderse de él en la de Casas?

Adiós, amigo mío: mil cosas a la familia, y queda siempre suyo affmo,

M [anuel] J [osef] Q [uintana].

Acaba de llegar la resolución sobre el lance fastidioso de mi romería: es bastante favorable y satisfactorio: puedo volver allá quando quiera, sin que se me haga impedimento. Esto no lo haré por ahora; pero se ha salido del paso.

14 de junio.

Mi querido amigo: Si a V. no le sirve de incomodidad, hágame V. el favor de poner en poder *de los Señores Baulenas y Oliver, vecinos de Madrid, que viven en la calle de la Montera, casa del Banco Nacional de San Carlos, quarto 2.º, 1.715 r.ˢ v.ⁿ* por *quenta de Manuel Blanco, residente en Cabeza de Buey.*

Con el recibo que le darán a V. en estos términos, tomaré yo aquí de Blanco dicha cantidad. El convencimiento de que ya no es posible hacer, como quería, el trasiego de efectos proyectado, y la necesidad de tapar otro ahugero más urgente, me hace aprovechar esta ocasión que se me ha ofrecido de pronto. Los 285 r.ˢ restantes ya se les dará aplicación en algún otro encarguillo que ocurra, y que haré, bien a V., o bien a Regás.

Las diligencias que nuestro amigo ofreció hacer para la licencia consabida van muy despacio o están del todo suspensas; yo supongo que no habrá encontrado el camino tan fácil como él se imaginaba, y, en tal caso, apruebo su reserva. Mas dexemos esto que, por su naturaleza, no es agradable, y vamos a otra cosa.

Dixe a V. que iba a empezar con D. Álvaro de Luna, y de hecho empecé y tiré algunos rasgos fundamentales para el trabaxo proyectado. Mas en medio de esto, que yo no sé cómo fue, que se metió Cervantes por medio, y me he entretenido, estos dos meses, en hacer el nuevo trabaxo que quería hacer acerca de él. Ya está hecho y se me figura que le ha de gustar a V. cuando le vea. Las tres vidas, que he tenido aquí a la vista, de Ríos, Pellicer y Navarrete, me han servido mucho para corregir y fijar hechos, especialmente la última. Pero mi obrilla no se parece a ninguna de ellas. Si nuestro amigo no me hubiera mentado y señalado como autor de la Noticia que se puso en la edición de la Imprenta Real, no me hubiera metido en esta tarea; pero los respetos que uno se debe a si propio, y los que se merecen Cervantes y la verdad, me obligaban a ello.

Ahora seguramente daré tras de D. Álvaro y aprovecharé los libros que V. me envió; y, aun quando no sea tragedia, por no tener la fantasía descansada y desahogada como sería menester, por lo menos será una vida que se añadirá a las otras, y que me atrevo a asegurar a V., de antemano, que no ha de ser la que se lea con menos gusto y provecho.

Supongo que ya, con la templanza y beneficio de la estación, estará V. enteramente restablecido de sus vahídos; yo tampoco he vuelto a tener resuello ninguno de mis flatos, y lo celebro mucho, porque si vienen otra vez y se agregan al insufrible aburrimiento y fastidio de que casi siempre estoy poseído, mejor será rebentar que infartos.

Adiós, amigo mío: cuídese V. mucho, expresiones a la Señora y familia, y queda suyo, como siempre,

M [anuel] J [osef] Q [uintana].

16 de Junio.

Mi buen amigo: He recibido la carta de V., del 7 del corriente, y quedo enterado de lo que me dice en quanto a quadros y manuscritos, sobre lo qual nada tengo que advertir, pues lo que V. haga será lo mejor.

Hace quatro días que está en mi poder el caxón de los libros y el papel, todo en buen estado y en la misma forma que V. lo colocó. Tengo ya repasado casi todo el Remesal, y por cierto que es una buena mina de noticias, y muy puntuales según la conformidad que guardan con las de Herrera. Quisiera saber si, entre los libros que cita Robertson como consultados para la historia, está comprendido éste; pues, si mal no recuerdo, hay bastante variedad en el modo y época en que se quentan algunos sucesos.

También quisiera saber si el P. Fr. Bartolomé se firmaba *Casas* o Casares.

Ítem: Si él habla en su historia de su proyecto de negros. Acaso se encontrará, en lo que habla de sus gestiones en España, en el año de 1517, que fue quando lo presentó a los Ministros de Carlos V. El trozo en que se habla de esto, así en Remesal como en Herrera, es idéntico, y puede tal vez estar copiado del mismo Casas.

También verá V. si se puede encontrar por ahí un exemplar del elogio de ese Fraile, escrito por Gregoire, más de veinte años ha. El amigo N.^te dará tal vez razón, pues es probable que algún ejemplar viniese de regalo a la Academia de la Historia.

Así mismo será bien tener a la vista el Epítome que se escribió para el retrato publicado en la Imprenta Real entre los de Varones ilustres, por si acaso hay alguna especie de importancia que convenga extender o ilustrar.

Como los zarceños harán todavía un viaje, por Julio, a ésa y, después, no vuelven hasta otro año, será conveniente aprovechar la ocasión para traer estas frioleras; y algún otro libro, que una vez que ya está aquí el Herrera, me agradaría tener, por si acaso, después de hecho el trabaxo sobre Casas, me viene tentación de bosquexar la vida de Cortés, para después completarla y corregirla con la vista y cotexo de los documentos originales que V. tiene.

Estos libros son - El Bernal Díaz - Las Cartas de Cortés - La Vida por Gómara, de la edición antigua -. Qualquiera otra relación, ya impresa, ya manuscrita, que a V. le parezca oportuna, y no importe nada exponerla a los riesgos del camino.

Téngalo V. prevenido todo, que yo avisaré quándo van los arrieros para que V. lo haga llevar a casa de Clemente, de donde ellos lo recogerán.

Mas basta ya de encargos y molestias; manténgase V. bueno, memorias a la Señora y toda la familia; recíbalas V. de esta casa, y disponga, como siempre, de su affmo,

M [anuel] J [osef] Q [uintana].

25 de junio.

Mi querido amigo: Acaban de llegar, a un mismo tiempo, a mis manos, la carta de V., del 20, y la remesa de libros y papel, sin avería ninguna. Doy a V. gracias por su cuidado y prolixidad, y no dudo tener, con este matalotage, lo suficiente para entretenerme, no sólo este verano, sino también el invierno que viene, pues las diferentes tareas que me propongo siempre ocuparán todo este tiempo. Pizarro está ya en el telar, y su primer bosquexo será obra para este verano. Luego entrará la segunda mano de Casas, con vista de lo que V. me ha enviado; y nuevas ideas y reflexiones a que supongo me obligarán la lectura de los opúsculos impresos y la de la obra de nuestro amigo. No para variar mi dictamen acerca de aquel hombre célebre, sino para confirmarle y robustecerle. El diverso objeto que yo me propongo, y el diferente punto de vista baxo el qual yo le considero, hacen que Casas pueda aparecer en el trabaxo que estoy haciendo con los colores que le son debidos; y si sus proyectos a veces son visionarios, y su modo de disputar francamente acre y enconado, no por eso su carácter y sus miras dexan de ser infinitamente respetables. El entusiasmo y el fanatismo, de cualquiera clase que sean, desdoran con sus declaraciones la gravedad de la historia; pero es preciso, también, guardarse mucho de sacrificar y de subordinar la verdad a circunstancias locales y momentáneas, y a lo que se llaman miras políticas y máximas de estado. Estas máximas varían; la verdad, la equidad y la razón no varían jamás. Pero dexemos esta predicación y vamos a otra cosa.

Siento ya haber hecho a V. la indicación de que se copiase lo de Barrantes: yo no me figuraba que fuese tanto; y no siendo muchas las especies que, según me presumo, podrán sacarse de él para añadir a la vida de Guzmán, ya escrita e impresa, era escusada, a lo menos por ahora, la molestia y gasto que se han invertido en copiar tantos pliegos. Sin embargo, veremos lo que dan de sí.

Recorreré quanto antes la vida de Cervantes, por Pellicer, y la devolveré. Irá también, entonces, la historia de Remesal, ya evacuada, y qualquiera de los demás libros que han venido y pueden hacer falta, pues se reduce a sacar inmediatamente de él los apuntes que necesite, y ponerle corriente para el viaje. V. me avisará con tiempo de ello, pues podrá llevarlos mi primo ahora, que no tardará en dar una vuelta por ahí. Doy a V., de paso, las gracias por el agasajo y aprecio que le ha manifestado.

No hablemos, por ahora, nada de Hernán Cortés, pues hasta salir de Casas y Pizarro, y según salga de ellos, es quando será tiempo de que pensemos en él.

Me ha dicho mi primo que está V. de buen ver y de buena salud; lo qual celebro mucho. Mil afectuosas expresiones a la Señora y familia, y queda de V. siempre affmo,

M [anuel] J [osef] Q [uintana].

4 de Julio.

Mi querido amigo: He recibido las dos cartas de V., de Villaviciosa, y, en la última, el recibo de Baulenas, con el qual he tomado de Blanco los 1.715 r.ˢ que rezaba. Sin saber que V. estuviese fuera de la corte, le dí a V. esta impertinencia; luego lo supe, y, viendo que paso algún otro correo sin contestación, encargué a Regás que se informase de si V. había podido recibir mi carta, con el objeto de poder dar yo, aquí, alguna razón a Blanco, que me preguntaba si estaba hecho el encargo. Tal vez habrá escusado Regás esta diligencia con la carta que V. me ha dirigido por su mano. Este negocio, en fin, está completamente evacuado, y, así, vamos a otra cosa.

Lo que importa, sobre todo, es que V. se halle restablecido, y que la S.ʳᵃ vuelva también repuesta de sus achaques; y no sé yo cómo habiéndoles ido a vstedes tan bien, dejan tan pronto su rusticación. A mí de salud me va bien, por ahora, y, del mismo modo, a toda la familia; mi prima Inesita es la que ha empezado a resentirse de dolores reumáticos, y, acaso, tendrá que salir a baños este verano.

En quanto a mi trabaxo sobre Cervantes, sepa V. que yo no te intitularé *Vida* en el caso de que, por alguna casualidad, le tenga que publicar sólo. Llamaráse *Discurso sobre la vida y obras* de aquel escritor, y así escusará las comparaciones, que son siempre odiosas, y toda idea de emulación ni con los pasados, ni con los presentes. Pero esto es hablar de la mar. ¿Cómo he de pensar yo, ni por soñación, en imprimir, ahora, cosa ninguna mía?

Veré si, en este Verano, puedo salir, mal que bien, de D. Álvaro de Luna: y, en el Invierno, daré un buen repaso a Casas y Pizarro, de manera que queden, no completos, porque esto sin los documentos que me faltan es imposible; pero, a lo menos, legibles y preparados para recibir las mejoras y adiciones que los amigos me aconsejen y el tiempo pueda darles después. Lo mismo haré con don Álvaro, después de revisados y timados los otros dos.

He recibido ya los dos tomos de la España poética de Maury: y, por cierto, que le, hace muchísimo honor, no sólo a su talento y su buen gusto, sino también su carácter. Yo debo estarle sumamente agradecido por el honroso lugar que me ha dado en ella, y es muy posible que él sea tachado de parcialidad por un aprecio tan sostenido y tan declarado. Diga V. al amigo Navarrete, cuando le vea, que me parece imposible que Maury no haya contestado a la carta que le escribí, a fines del año pasado, y que le dirigí por su medio; como también que entonces no me enviase el primer tomo. Esto me lo persuade la remisión, seca y desnuda, del tomo 2.º que ha verificado después; y así que encargo a su diligencia la indagación de cuándo y con quién ha podido remitir aquél la contestación a mi carta, y el dicho tomo 1.º, pues, en su cortesía y amistad, no es posible que haya procedido de otro modo.

Me alegro que Martínez haya empezado a publicar sus poemas. Él tiene un talento eminente, y, en cualquier género en que se exercite, se distinguirá sobremanera. Ya sabía yo que tenía hecha un *Arte poética;* pero no me la leyó, al tiempo de leerme otras cosas suyas, por no tenerla puesta algún tanto en limpio. Ellos todos se lucen por allá mientras uno se pudre por aquí.

Cuídese V. mucho, expresiones a la Señora, de cuyo restablecimiento me alegro mucho, como del de V., y queda suyo, como siempre affmo,

M [anuel] J [osef] Q [uintana].

6 de julio.

Amigo mío: Recibo la de V., del primero del corriente, y siento mucho la indisposición que V. padece. Ella es propia del tiempo, pero incómoda: deséchela V. pronto, cuídese mucho, y consérvese para su familia y los amigos.

Una vez que no ha cuajado esta ocasión para despachar algunos cuadros y manuscritos, tengamos paciencia y aguardemos otra que sea más feliz. Lo que V. haga, doy por hecho, y, así, nada tengo que añadir sobre el particular.

Ya están empezadas a tirar las primeras líneas en la vida de Casas. Veo que Remesal en toda la primera época, desde que el Licenciado canta Misa hasta que se mete Frayle, se contenta generalmente con seguir a Herrera, y, en partes, le copia a la letra; después es más abundante e instructivo.

El proyecto de pasar negros al Nuevo Mundo es bastante anterior a los tiempos en que Casas empezó a bullir. Sobre esto hubo cédulas, permiso y contratasas del gobierno, anteriores a la propuesta verdadera o imaginada de Casas. Así él, quando menos, está limpio del cargo de haberlo inventado: he hallado estas noticias en el nuevo repaso que he hecho en Herrera, y, por consecuencia, no hay necesidad de que V. se moleste en recorrer ese otro librote, ni hacer el memorial que piensa, si lo ha de hacer por esto solo.

Mucho me alegrara de que encontrase el Elogio francés: quisiera que, con el epítome de Casas, de la Imprenta Real, viniese también el de Sepúlveda: en otro tiempo los vendían sueltos con los retratos; pero, ya para escusar gastos, si no los quieren dar sueltos, podrán copiarse uno y otro.

Pienso en el verano salir de la Vida de Casas, y ensallarme, con ella, para emprender en el Invierno la de Cortés, que por necesidad tiene que ir más esmerada, así por el argumento como por las grandes plumas que ya le han tratado. V. envíeme esos librotes y quanto crea conveniente para dar novedad del escrito, y pueda enviarse. Aún no sé quándo saldrán de aquí los zarceños; pero me figuro que no será hasta que esté concluida del todo la recolección de granos.

Luego que esté despachado el Remesal lo devolveré a la primera ocasión que se ofrezca, y, del mismo modo, las demás obras que vengan y V. necesite para no descabalar la colección.

Aquí no hay novedad: todos saludan a V. Hágalo de mi parte a la familia, y queda suyo affmo,

M [anuel] J [osef] Q [uintana].

26 de Julio.

Mi querido amigo: Mucho gusto me ha dado V. con decirme la resolución de Antoñito, que me parece la más racional que pudiera tener en su caso, y manifiesta lo bien puesto que tiene el seso y el juicio acertado que hace de las cosas. Yo le doy a V. el parabién por esa generosa inclinación, y lo que es preciso es aprovecharla, y que V. y él se propongan hacerte un buen profesor, puesto que está en parage y con medios de llegarlo a ser.

Incluyo la carta para Castellos, padre, que me ha parecido mejor que V. se la lleve que no dirigirla en derechura, por la incertidumbre de los correos. No me atrevo a asegurar a V., a punto fixo, cuál efecto podrá hacer. Hemos corrido muy bien siempre, y en todas ocasiones me ha asistido a mí y a los míos con puntualidad, generosidad y cariño. Pero me parece que, la altura y atmósfera en que ahora se halla, le hacen recelar hasta del viento. Dígolo porque, habiéndole escrito, año y medio ha, pidiéndole vacuna para una niña, sobrina mía, me envió la vacuna, pero sin contestación. En fin, V. le verá, y de lo que diga y haga deduciremos su buena o tibia disposición. De cualquiera modo, no creo que la diligencia perjudique.

Desde que entró el mes, los calores son aquí excesivos, y, por consiguiente, don Álvaro va poco a poco. Los malos libros sirven algunas veces de algo: un tomo suelto que casualmente he encontrado aquí del ilegible y fastidioso compendio de Ortiz, me ha dado la resolución de la duda sobre la época de la muerte del Condestable: dice en una Nota que fue el día 2 de junio de 1453, y se refiere, para ello, a un diario de la Orden de Santiago, o llámase Kalendas de Uclés, donde se fixa esta fecha, y, también, a un pasage de una Crónica de Valladolid, manuscrita, que conviene en lo mismo. Siendo esto así, ya no hay contradicción entre el resultado que presentan las noticias de las Crónicas y los documentos y la narración del Médico del Rey. Vea V. la nota de Ortiz, que está en el tomo 5.º, pág. 281, y, también, los opúsculos de Monles que allí cita. Igualmente vea V. si hay algo de ello en Rades.

Quedo enterado de lo que V. me dice sobre la falta de contestación de Maury; pero no acabo de comprender cómo un hombre que me trata en su obra con tan alto aprecio y deferencia y, al mismo tiempo, con tan gran afecto, dexe de contestar literaria y amistosamente a una carta que recibe mía, al cabo de veinte años en que nada nos hemos dicho, y en los mismos días en que está dando al público una prueba tan solemne de la estimación en que me tiene. De todos modos esto me obliga a guardar igual circunspección, y, así, yo suspenderé la carta que pensaba escribirle a consecuencia de haber recibido su obra. Dígalo V. así al amigo.

Me parece que los viajes de éste van muy lentos, y no quisiera yo que desaprovechase este buen tiempo para apresurar su publicación. Paréceme que debe sacrificar algo a la claridad: si por aguardar a completar las noticias y documentos que su incansable diligencia se procura de todas partes, la cosa se dilata y después no se concluye, él y todos lo hemos de sentir mucho.

Acábese V., por Dios, de poner bueno, y, dando expresiones a la Señora, familia y amigos, ame siempre a su invariable,

M [anuel] J [osef] Q [uintana].

30 de Julio.

Mi querido amigo: Con un merchán de reses, que ha salido estos días de aquí, envío la Vida de Cervantes, de Pellicer, y las cartas de Hernán Cortés: Regás las recogerá y se las llevará a V., recogiendo cualquiera rebusquillo que tenga V. que enviarme, y, si a V. le parece, podría venir la Historia del Perú por el Inca Garcilaso, que no dexará de ayudar en algo para la vida de Pizarro. Esto se entiende en el caso de que V. le tenga y no le haga falta.

La tarea adelanta poco ahora: el calor que aquí hace, en estos días, es infernal, y yo apenas me siento con potencias ni de cuerpo ni de ánimo para hacer nada. Luego que se temple algún tanto, me aplicaré a la obra con brío, y veré si puedo tenerla volteada para quando entre de veras el Invierno, estación que tengo destinada para dar la segunda mano a la Vida de Casas, con presencia de los documentos que V. me ha enviado.

He escrito al amigo sobre sus dos tomos. Le he dicho, o por mejor decir, indicado francamente mi parecer, aunque no con la prolixidad necesaria, porque esto pediría conversación y no cartas. No debe extrañar que la venta vaya despacio: esta clase de obras no se despacha con la priesa de las Novelas o los Diarios: la utilidad las hace, al cabo, vender; pero es según las va necesitando el que ha de sacar partido de ellas. Esta no es época a propósito de libros, y mucho menos de erudición, como, en último resultado, es el de nuestro amigo.

Agradezco mucho a Miñano el recuerdo que quería hacer de mí y me alegro que su trabajo tenga la recompensa que es debida. Sería bien que trabaxase con el esmero correspondiente: yo supongo que habrá enmendado en el artículo *Baylén* el garrapatín histórico que ha dexado correr en la muestra, equivocando al Arzobispo D. Rodrigo con el Cardenal Cisneros.

Bueno será despachar esos libros en el dinero que V. dice: así me ayudaría a costear una capa que necesito para el abrigo de Invierno, y el trasiego de mis libros, no menos preciso para mi entretenimiento y mis trabaxos.

Cuídese V. mucho; expresiones a la familia y ame V. siempre a su affmo,

M [anuel] J [osef] Q [uintana].

4 de Agosto.

Mi querido amigo: Quedo enterado de quanto V. me dice en su carta de 26 del pasado, y celebro infinito la noticia que V. me da de esos dos tomos de Llorente en que están traducidos los opúsculos de Casas, y también se halla la defensa que hizo de él Gregoire: tal vez a esto sólo se reduce el escrito, que yo equivocadamente tengo por elogio. De todos modos, el tener estos tomos a la vista me hacía mucho al caso, ahora: y, por lo mismo, escribo hoy mismo, a Regás, que tuvo bastante mano con las cosas de Llorente, porque vea si puede procurármelos, en el caso de que V. no los encuentre y, para eso, le digo que se vea con V. Será mejor que vengan prestados, ¿porque para qué hacer el gasto de comprarlos? Y los despacharé presto y los volveré a enviar puntualmente.

Ahora cabalmente hay proporción de que puedan venir con un merchán de reses que va para volver pronto, y, aunque no pueda traer un caxón, puede traer un paquete, y éste puede componerse de los tomos dichos, si no son muy abultados, de los epítomes de Casas y Sepúlveda, de alguna apuntación que V. tenga hecha para mi uso en la tarea presente, y de otras futesillas que tiene que enviarme Regás, y él cuidará de poner en poder del merchán.

El calor se explica, ya hace días, aquí, de una manera cruel, y unos flatos nada agradables que las aguas y los ayres del pays me causan, estorban que adelante mucho en la Vida comenzada: con el fresco irá más vivo el trabaxo.

Muchas cosas al amigo Navarrete, cuyos viajes deseo mucho que salgan a luz quanto antes. Expresiones a la familia; y queda de V., como siempre, affmo,

M [anuel] J [osef] Q [uintana].

28 de Agosto.

Amigo mío: He recibido su carta del 23, y ya tenía en mi poder, tres días antes, los epítomes con los apuntes sobre Casas. El de Sepúlveda le había yo hecho, y quería refrescar las ideas que en él puse, olvidadas ya al cabo de treinta años; son las mismas que ahora tengo, y la vida que estoy escribiendo será una ampliación y comentario de ellas. El de Casas se escribió después, no sé por quién: está muy pobre de noticias, y en algunas, principalmente en las del principio, no está conforme con Remesal, y yo me atendré a lo que este historiador dice, que debió enterarse mejor. Los apuntes que V. me envía hacen muy al caso, y no se descuide V., quando esté de vagar, de remitirme, por este estilo, quantas indicaciones le parezca que convienen.

De ningún modo quiero que V. exponga a los riesgos de un camino tan largo los documentos respectivos a Hernán Cortés. Lo que quiero tener aquí son sus cartas, su vida por Gómara y la obra de Bernal Díaz, las cuales, con el Herrera, son bastantes para bosquexar la vida de aquel hombre extraordinario, quando, acabada la de Casas, me encuentre con humor y disposición para ello, y ocupar de este modo algunos ratos. Yo avisaré a Regás quándo podrán venir estas tres obras, y entrégueselas V. cuando él se las pida, y también la vida de Cervantes, porque todo venga a su tiempo.

Los calores se han acabado ya aquí, habiéndose anticipado las aguas del otoño un mes cabal de lo que suelen. Casas ganará en ello porque irá más vivo el trabaxo. Siento que no parezcan sus opúsculos traducidos; pero confío en que, al cabo, la diligencia de V. dará con ellos. Se dexa conocer bien que la exposición de la doctrina de Casas, no puede hacerse bien sin recorrer sus escritos, y esta es quizá la parte más importante y curiosa de su vida. Yo, por ahora, no haré más que apuntarla, dexando su rectificación y ampliación para adelante, quando pueda haber a mano sus diferentes escritos. Por lo que toca a la parte histórica, la daré, desde ahora, todo el complemento posible.

Recuerdo a V. que de Oviedo no necesito más que los dos testimonios del escribano Valderrábano; y, así, Antoñito no necesitará molestarse en copiar los dos capítulos enteros.

No extraño que no se presenten marchantes para los cuadros y manuscritos: esas cosas estarán ahí por los suelos y se hallarán a puntapiés, mientras que el dinero andará por las nubes. Añádase a esto ser la cosa mía, y, como tengo tanta fortuna en todo, es regular que a pesar de la mucha diligencia de V., no se despache en mucho tiempo ni una hilacha. Pero tendremos paciencia y dexaremos correr el tiempo.

Expresiones a la Señora, y disponga V., como siempre, de la voluntad de su affmo,

M [anuel] J [osef] Q [uintana].

31 de Agosto.

Mi querido amigo: Está bien que se haya quedado ahí, por ahora, Garcilaso; yo seguiré bandeándome con Herrera, de quien iré tomando todo lo que me parezca conveniente para mi intento. Después se rectificará todo con la vista de los otros. Pienso, con efecto, aprovechar todos los buenos ratos del otoño, y ver si puedo adelantar este trabaxo sobre Pizarro de modo que su vida esté terminada, o para concluirse, a la entrada del invierno, y luego, como ya creo haber dicho a V., dar de nuevo una mano a la de Casas.

Pondré a su tiempo, en la Vida del Cid, la correspondencia de Halaet con Aledo, y, hasta en la de Guzmán, las adiciones importantes que resulten de los papeles copiados de Barrantes. He visto, por la nota inclusa en los que han venido ahora, lo que ha costado la copia, cuyo importe supongo que habrá V. abonado a Barcones, y, como ese pellizco no deja de ser de consideración para los tiempos presentes, quisiera que V. se cubriese al instante de él, y, por lo mismo, no tenga V. reparo en despachar cualquiera de esos cuadros en lo que ofrezcan por ellos. Los Desposorios, por exemplo, si siguen ofreciendo los 800 reales que V. me indica, déselos V. al instante; y, así, se cubrirá el importe de la copia de Barrantes, y, con el resto, el vacío que dexa en mi angustiado bolsillo el costo de la capa que he tenido que hacerme; y podré proveerme de zapatos por algún tiempo.

Volviendo a Pizarro, yo no sé cómo hablará Oviedo de su carácter, pero me parece que quando aquél cronista pudo tratarle, era otro hombre de lo que fue después. Esta diferencia que produxeron en él los sucesos, el poder y las riquezas, resulta bien clara en Herrera. También advierto en este historiador bastante parcialidad en favor de los conquistadores en todo lo que pasó con el Inca desde las comunicaciones primeras hasta su muerte. En fin, veremos lo que resulta después que el bosquexo esté hecho.

Al amigo N.^te escribiré largo en uno de estos correos próximos: es preciso que no se desaliente, y yo quisiera muy mucho que no se detuviera en ilustrar demasiado lo sabido, sino que anticipara lo que está inédito e ignorado.

Adiós, amigo mío, cuídese V. mucho, y ame siempre a su affmo,

M [anuel] J [osef] Q [uintana].

27 Septiembre.

Mi querido amigo: Ha llegado el tiempo de hacer algunos encarguillos de invierno a nuestro Regás, y, para su compra, he de merecer de V. que le entregue aquel pico que quedó de los dos mil reales de los pergaminos. Esto se entiende en el caso de que no le sirva a V. de incomodidad, porque, siendo así, no hay nada de lo dicho, y aguardaré a otra ocasión,

Por los documentos de que V. me habla, en su última del 18 del corriente, relativos al Condestable D. Álvaro, no debe quedar duda del día de su execución y queda aclarado cómo el Rey estaba entonces en Valladolid, según dice Cibdad Real, y, a fines del mismo mes, en Escalona, según rezan las Crónicas y los documentos diplomáticos. Con la entrada del fresco he vuelto a poner mano en este trabaxo, y quisiera tener humor y cabeza para tenerle rematado para Diciembre. Veremos si hay valor para ello.

No dudo que serán curiosas las nuevas ilustraciones sobre los primeros descubrimientos y empresa de Colón; pero es lástima que no hayan hecho parte de los dos tomos anteriores donde al parecer era su lugar. Y no importaría que ocupasen el hueco de otros documentos menos importantes que allí hay, y que a muchos, tal vez, no parecerán sino objeto de una estéril curiosidad.

Escribo a V. por medio del amigo, en la duda de si habrá ya tomado la resolución de hacer otro viaje a Villaviciosa, según V. me indica en su carta. Yo me alegraré de que su salud se mantenga firme de modo que no lo necesite: y si, al fin, va allá, que logre reponerse como desea, y vuelva más fuerte y robusto que nunca.

Yo sigo tal cual, y siempre de V.,

M [anuel] J [osef] Q [uintana].

2 de Octubre.

Mi querido amigo: No he contestado a V. antes por estar aguardando a que llegasen, de un día a otro, los encargos y poder dar razón de su venida. Con efecto, llegaron antes de ayer sin la menor avería, y estoy muy contento de tener a la mano estos librotes que me harán muy buen servicio. Conforme se vayan desocupando volverán a desandar lo andado para reunirse con los demás de la Colección; y el primero que irá será el Remesal, porque será el que se desocupe antes.

Él y Herrera están acordes, no sólo en los hechos, sino hasta en las palabras, en lo que cuentan de nuestro Fraile desde que cantó misa hasta que se metió Dominico. Prueba de que Remesal se contentó, en esta parte, con copiar literalmente a Herrera, o lo que es más verosímil, que los dos han copiado a otro anterior, que será el mismo Casas. En Herrera se dexa conocer, como a tiro de ballesta, lo que él componía de suyo de lo que copiaba a la letra de los memoriales y documentos que tenía a la vista, y esto último es muchísimo.

Me alegro mucho que, al tiempo de recogerme V. datos para lo que se está haciendo, se acuerde también algo de lo que en otro tiempo se hizo, y que el Cid, Guzmán y Gonzalo le deban a V. algún cuidado. Mi intención es reimprimir las vidas antiguas al tiempo de publicar las tres nuevas, o las quatro, si puedo abarcar también la de Pizarro. Dando por supuesto un repaso muy detenido a aquéllas, con las enmiendas y adiciones que se pueda. Ya se acordará V. que tuve en otro tiempo en mi poder la Crónica ms. de la casa de Medina Sidonia, por Barrantes Maldonado, que existe en el archivo de Villafranca, y de ella fui sacando algunos apuntes para mejorar la vida de Guzmán. Pero, muy a los principios de este trabaxo, vinieron las revueltas, y devolví el códice para que no se estraviase. Si V. pudiera haberle a las manos podríamos continuar este estudio, diciéndole yo a V. desde aquí lo que convendría sacar y apuntar de allí.

De todos modos váyame V. proporcionando los apuntes y noticias que sus [...] den de sí; y yo, por de contado, y la historia patria también, si es que yo la hago algún servicio en esta clase de trabaxos, le viviremos muy agradecidos.

Mil cosas a la Señora y amigos; que se acuerden de mí, y queda de V. siempre affmo,

M [anuel] J [osef] Q [uintana].

8 de Octubre.

Mi querido amigo: Vayan benditos de Dios, en hora buena, a correr el mundo los retratitos y los dos bocetos, ya que la dura ley de la necesidad así lo tiene decretado. La venta me parece bastante buena, y el socorrillo que proporciona es ya de alguna consideración para consolar por algún tiempo un bolsillo tan estropeado como el mío. Descúentese, pues, el importe de la copia de Barrantes y cualquiera otro gastillo que se haya ocasionado, y venga lo demás a mí, llenando las atenciones indispensables que aquí ocurren. Porque, como ya tengo indicado a V., estas gentes, a pesar de su buena voluntad, están en un estado tal que, en vez de poderme dar auxilios, tengo yo alguna vez que sacarlos de algún apuro. Quando yo digo que venga, es en el entender de que V. no necesite del todo o parte de la cantidad, pues, en caso de necesitarlo, V. debe quedarse con lo que guste.

Veamos si ese O-Rich viene y todavía le dura la gana de los mamotretos. Si se verifica la venta, entonces me dirá V. si será ocasión de atender con su producto al trasiego de libros que pensé meses ha, y todavía no se ha hecho por lo embarazosa y costosa que es semejante diligencia.

Tengo a Pizarro hace días cerca de Caxamalca y ya empezando sus grandes aventuras. No he adelantado más porque, desde que empezó a mudarse la estación, he comenzado a padecer unos ataques de flato de estómago que tienen su punta y molestias de cólicos, y no me dexan gusto para nada. Hace ya ocho días que estoy mejor; pero no acabo de echar fuera el mal, ni creo que lo echaré hasta que llueva de firme.

Me alegro mucho que haya cosecha abundante de documentos donde examinar y rectificar todo lo pasado con el Inca. La relación de Herrera no me gusta, y me parece muy parcial con los vencedores: de cuando en cuando se le escapan indicaciones que están en contradicción con lo general del contexto, y esto hace indeciso el juicio, y dudar de lo demás. En fin: verémoslo todo, y, si es posible, se pintará la cosa como corresponda.

Adiós, amigo mío; cuídese V. mucho, y disponga, como siempre, de su affmo,

M [anuel] J [osef] Q [uintana].

El dinero se pondrá en poder de don Silvestre Abad Aparicio, que vive calle del Príncipe, números 5 y 6. Este sugeto, en el recibo que dé, deberá expresar que es *por quenta y favor de Francisco Monico Mora, vecino de la villa de Cabeza de Buey, Factor de las Rentas de Santiago, en el Partido de los Montes de Toledo.* Con este recibo, que V. podrá remitirme por el correo, cobraré yo aquí la cantidad.

21 de Octubre.

Mi querido amigo: Ha llegado el recibo de los 6.220 reales y, al golpe, se ha cobrado y hecho efectiva dicha cantidad, con lo cual queda felizmente orillado este negocio.

La venta, repito, ha sido tan buena como oportuna. Es verdad que es de sentir quedarse sin los retratitos. ¿Se acuerda V. de la noche en que nos divertimos tanto Pugeo, V. y yo, escogiéndolos alternativamente según la paja que nos había tocado? ¡Qué de cosas han pasado después acá! Siempre fueron compañeros míos en todas mis fortunas, y, por eso y por su mérito, yo les tenía gran cariño. ¿Cómo ha de ser? Paciencia; una vez que la pícara suerte se ha empeñado en que no los había de disfrutar por más tiempo, más vale así que de otro modo.

Convengo muy gustoso en lo que V. me dice respecto del trasiego de libros.

Son muchas las inexactitudes, o, por mejor decir, contradicciones de Herrera en la jornada de Pizarro a Caxamalca. La cronología, sobre todo, está tan embrollada que no se entiende bien quándo sale, quándo llega y qué hace allí hasta el Viernes de la Cruz, que fue el día en que sucedió el desbarate y prisión del pobre Inca. Este autor trabajaba sobre buenas relaciones; pero muy deprisa, contentándose a veces en copiarlas a la letra, sin tomarse la pena de releerlas y acordarlas entre sí. De ahí su pesadez, sus repeticiones y también sus errores, que desdicen mucho de la fama de puntualidad que se le ha dado. Yo, por ahora, me contento con extraer, a mi modo, la sustancia de los hechos: después se rectificará todo con la vista de esos otros documentos. Lo que me enfada más es la parcialidad con que el Decadista refiere lo que ahí pasó, y el conato que se advierte en él de justificar y de ensalzar cosas y personas que, por lo mismo que él cuenta, son incapaces de disculpa ni de alabanza.

Ya ha empezado a llover con fuerza, y yo voy mejor de mis flatos. Los paseos convendrán sin duda; pero hasta ahora el calor no los consentía. V. no tiene idea de cómo esto está en Verano: es una verdadera Arabia pétrea.

Yo creía que Veral había muerto antes de salir yo de esa: era buen hombre, y de gusto fino en cosas de artes; mostraba estimarme mucho, y me hace sentir su muerte segunda vez.

Adiós, amigo mío; consérvese V. bueno, en compañía de la Señora y familia, y queda suyo, como siempre,

M [anuel] J [osef] Q [uintana].

23 de Octubre.

Amigo mío: En este mismo correo dirige mi primo D. Josef Pizarroso una solicitud a S. A. sobre rebaxa en el precio de las yerbas, que tiene arrendadas, por las razones que expresa, ya que no hubo lugar a la que hizo el año pasado sobre que se le diese otra posesión. Lo aviso a V. para que, si tiene todavía proporción, repita los buenos oficios que hizo antes, y veamos si puede conseguirse alguna ventaja.

He recorrido en estos días los libros que V. me remitió últimamente y he tenido, sobre todo, el mayor gusto en la lectura de Bernal Díaz, pues, aunque le había leído en otro tiempo, hasta ahora no he conocido lo que vale. No le falta a este libro, para ser considerado como el documento más precioso de las cosas de América, más que la circunstancia de no estar impreso, y Robertson tenía razón quando decía que era uno de los más singulares que se habían escrito jamás.

Mi hermano Pepe, que pasa ahora a Burgos con su mujer, y estará ahí algunos días, saludará a V. de mi parte.

Manténgase V. bueno, y, dando expresiones a la Señora, disponga de su invariable,

M [anuel] J [osef] Q [uintana].A D. Antonio Uguina.

Calle de la Salud.

Madrid.

28 de Octubre.

Mi querido amigo: He recibido la carta de V., del 18 del corriente, y siento muy mucho las indisposiciones que V. me cuenta de sí mismo y sus hijos. Yo espero que, con la igualdad de tiempo que ha empezado, estén vstedes todos mejor, y que el Invierno les pruebe mejor que el Verano. Por acá no hay novedad particular.

Regás entregará a V. las dos Crónicas de D. Juan el 2.º y D. Álvaro de Luna, con la Vida de Cervantes por Navarrete, que le dirijo a él con un arriero zarceño que sale estos días para ésa. No crea V., por eso, que está acabada la vida de D. Álvaro; al contrario, está todavía muy en mantillas: el calor y el mal humor no la han dexado correr tanto como yo quisiera. Pero habiendo, ayer, encontrado casualmente las dos Crónicas, y estando ya despachada la Vida de Cervantes, no he querido detener más aquí esos libros por si acaso no son de V. y hacen falta.

Con efecto, ya no debe quedarnos duda del día en que murió el Condestable, y, con esa averiguación, se aclara bien y se resuelve la contradicción en que, al parecer, están las dos Crónicas con la relación del Médico del Rey. Así pudiéramos averiguar, con igual fortuna, el año y lugar en que nació; pero esto será más difícil, quizá imposible, atendido el cuidado que él y su familia habían tenido de desvanecer estos principios que, a la verdad, no le hacen favor por la parte de su Madre.

Yo no digo que no sean muy interesantes los nuevos documentos sobre Colón; pero repito e insisto en que no sería bien que por ellos se detuviera o prolongase demasiado la continuación de la obra según el plan convenido. Acuérdese V. de cuántas obras hay entre nosotros empezadas y no acabadas: digo que lo mejor es ganar tiempo y aprovechar la buena coyuntura: yo, si fuera que el amigo, daría aprisa toda la colección, y publicaría, después, por apéndices, lo verdaderamente interesante que entretanto se fuese encontrando.

No ha venido a mis manos aún el Arte poética, y no espero verlo hasta que V. me lo envíe. Ya me presumía yo que una obra que cita Maury en la suya era la traducción de [...] al español que la ha hecho, la ha enriquecido de las notas e ilustraciones que necesita para dar completa idea de los reinados que comprende: si se ha contentado con solo traducirla no ha hecho más que la mitad del trabaxo. Bien me alegrara yo que semejante cosa corriese en castellano, y aún si hubiera tenido aquí el original, que se halla soterrado con mis demás libros, me hubiera entretenido, a ratos perdidos, en adelantar algo en ello; pues es trabaxo más fácil y ligero y empresa bien necesaria.

No dudo que será bien bonita la impresión del Quixote por Didot; pero estas ediciones compactas no son ya de mi gusto: tengo perdida la vista, y estoy escribiendo a V. con anteojos, y esta falta la atribuyo a la manía que tuve, cuando joven, de leer en libros de letra piojosa porque me parecían entonces más bonitos.

Para cuando más adelante trate de revisar las Vidas de Casas y Pizarro necesitaré de las investigaciones de Pow sobre los Americanos y de las cartas de Corli: vaya V. viendo cómo me las podrá procurar, que yo avisaré cuándo podrán venir.

Cuídese V. mucho, y, dando expresiones a toda la familia, disponga de su siempre affmo,

M [anuel] J [osef] Q [uintana]

Regás me avisó ya de haber recibido aquel piquillo y aun de tenerte ya empleado en los encarguillos que han de venir.

7 de Octubre.

Mi querido amigo: Recibí la de V., y con ella, el sentimiento del ataque que está sufriendo: yo espero que ya estará V. repuesto, y le pido que se cuide mucho para su familia y para sus amigos. En este correo encargo a Regás que haga a V. una visita, en mi nombre, para saber yo cómo se halla V., sin necesidad de que V. se moleste en escribir hasta que pueda hacerlo sin perjuicio de su salud.

Pizarro está al concluirse: sale más largo de lo que pensé; pero esta vida es un escollo, por la falta de unidad y, por consiguiente, de interés que hay en los sucesos.

Adiós: expresiones a todos los de casa, y es de V. siempre su affmo,

M [anuel] J [osef] Q [uintana].

A D. Ant.º Uguina.

Calle de la Salud.

Madrid.

8 de Diciembre.

Mi querido amigo: Mil y mil gracias por las diligencias practicadas en favor de la solicitud de mi primo; y está muy bien que cese en el punto en que se considere que pueden traer perjuicio: bueno está lo hecho, y, al fin, obra Dios, como suele decirse.

Si la acusación contra Casas es meramente de haber propuesto que se llevasen negros a América, como otros ciento lo propusieron entonces, aunque con diverso espíritu que él, el cargo es irrecusable, porque Herrera y Remesal están conformes en que expresamente lo propuso a los ministros de Carlos V. en el año de 1517. Pero si se le acusa de haber sido el primero que indicó esta medida al Gobierno y la hizo valer y practicar, ya, entonces, el cargo no tiene fundamento, pues ya, desde el tiempo de Ovando, se pensó y executó este trasiego de hombres. Como yo no tengo libros a la mano, no puedo resolver esta duda y ver los términos en que hablan de esto Reynol Robertson y demás escritores filántropos. V., que podrá registrarlos, me dirá quando quiera el modo en que se explican sobre el particular.

Ya tengo a V. dicho, y repito ahora, que haga lo que le parezca en cuanto a libros y cuadros, pues sé muy bien que su fina amistad procurará más ventajas en mi favor que las que yo sacara por mí mismo. No me es posible desde aquí hacer una regulación abonada del precio de esos manuscritos, y me expondría, si la hiciese, a marrar por alto o por baxo. Consúltelo V., si puede ser, con alguno que entienda de esa clase de comercio, y que éste los tase según el valor que tendrían en tiempo en que estas curiosidades se estimasen. Después V., al tratar de su despacho, podrá hacer la rebaxa que le parezca prudente en consideración al tiempo y al desprecio en que han caído esas cosas. No me detendría yo en que se diesen a ese Señor las cuatro obras que ha señalado por el dinero que ofrece, sin embargo de que la sola *Atalaya de Crónicas*, por la antigüedad, hermosura y buena conservación del Códice, valga a mi parecer el doble. Si tornase todos los demás manuscritos podrían, aunque mal vendidos, producir entre todos alguna cantidad razonable que me sirviese de algo. Mil quinientos o dos mil reales, por exemplo, me podrían servir para procurarme algunas cosas necesarias que me hacen falta; pero con quinientos reales poco o nada me remedio. Sin embargo, repito que haga V. lo que le parezca; y teniendo, como V. tiene relaciones de trato y amistad con ese Señor, no es cosa de llevar esto a lo gitano.

Mi parabién al amigo por su nueva dignidad literaria, a que tan acreedor le hacen su mérito eminente y sus útiles trabaxos. Ya estoy deseando ver los dos tomos.

Adiós, amigo mío: expresiones a la familia y, cuidándose V. mucho, disponga de su affmo,

M [anuel] J [osef] Q [uintana].

26 de Diciembre.

Mi querido amigo: Cuando iba a responder a la carta de V., del 16 del pasado, recibí una de Regás en que me decía que andaba V. achacoso. Tomé de ello el cuidado que V. se podrá figurar, y, entre las desazones bien incomodosas que me han asaltado en estos días, ésta ha sido de las mayores. Encarguéle que hiciese a V. una visita de mi parte, no queriendo escribirle por no molestarle, pues supongo que será el mismo achaque que el del año pasado. Hoy me dice que, aunque aprensivo, está V. mejor, y que da V. sus paseos como acostumbra. De esto me he alegrado mucho, y lo que deseo es que, cuando llegue ésta a sus manos de V., se halle ya enteramente restablecido.

Nada hablo a V. ni de letras ni de historia: esto lo dexo para cuando su cabeza esté más firme. Sólo de paso aviso a V. que han puesto a mi disposición unas cartas de Colón al Padre Gorricio, y a los Reyes Católicos, y una colección de versos de su hijo D. Fernando.

Todavía no han venido a mis manos, y cuando las vea, avisaré de lo que dan de sí.

Cuidese V. mucho y consérvese para su familia y sus amigos, sobre todo, para su affmo,

M [anuel] J [osef] Q [uintana].

A D. Antonio Uguina.

Calle de la Salud.

Madrid.

Mi querido amigo: Tengo ya concluido el primer bosquexo de nuestro Fraile; es decir, que lo más material y pesado del trabaxo está ya hecho, y sólo falta ilustrar más algunos hechos, establecer y determinar, con seguridad y despejo, los puntos de controversia, poner bien en claro las mejoras que los indios debieron, real y efectivamente, a los largos y eficaces exfuerzos de su Protector, y, en fin, limar y pulir el estilo, dándole el color y vida que corresponde al asunto. Para todo esto son necesarios otros libros y otros medios de los que tengo a la mano, y estoy por decir que también otro campo, otro cielo y otro trato: porque estas cosas sirven a fecundar el espíritu y a darle fuerza y vigor.

Todo se conseguiría, a la vez, pudiendo yo dar una vuelta por ahí y estarme cuatro o cinco meses. Pero, como pensar en esto es un delirio, fuerza es completar este vacío, aunque no sea tan bien, por otros medios menos directos. Así es que, si puedo disponerlo, efectuaré el viaje a Sevilla, donde podré recorrer, si no todos, a lo menos, muchos de los libros que necesito; aprovecharme de algo que pueda haber, en el Archivo, y conversar con alguien que haya estado por allá y me pueda dar ciertas luces y datos que sólo da la experiencia y no se hallan en los libros. Sobre todo, este viaje serviría poderosamente a refrescar mi imaginación y darle resorte y tono para animar el estilo. Acuérdome que en Sevilla di también la segunda mano a la Vida de Balboa, en el año 13.

Entre tanto incluyo a V., en papel separado, una nota de algunas de las dudas y documentos que será bueno encontrar, para que, a su comodidad de V. y quando tenga humor para ello, vea si por sí mismo, o por los amigos, se puede hallar su resolución y paradero.

Por lo demás, la obra, en la forma que hoy tiene, es la más extensa de todas las Vidas que he escrito, y, si el autor acierta a vencer las dificultades que ofrecen a la narración algunas menudencias y pequeñeces, hijas de la profesión del héroe, será probablemente un escrito tan agradable corno interesante. Allá lo veremos.

En cuanto a Guzmán y Barrantes, también incluyo nota separada de lo que deseo. Pero repito que todo sea a su comodidad de V. y sin molestarse. Porque lo principal, que yo quiero que V. haga, es cuidarse mucho y conservarse para su familia y para sus amigos.

Tengo ya ansia por ver los dos tomos de Colón; pero dudo mucho de que puedan venir en este viaje de los arrieros, de que ya habrá a V. hablado Regás; y, hasta que empiecen a ir por ahí los merchanes, no se ofrecerá tal vez ocasión buena de traerlos.

Expresiones a la Señora, y queda de V., como siempre, affmo,

Manuel Josef Quintana.

FIN